あかるい身体で

海老名　絢

七月堂

塗り絵

わたしに見えた光景を
わたしに刻み込むため
いちばん滑らかに使える
側にある
言葉で色を塗る

（あなたが景色を
（感じ取ってくれるといいな

ふと胸の奥が動く
その瞬間が好きだ
わすれないように　と思っても
頭の容量は限られているから
思い出すために文字を連ねる
時間が経っても黒インクは黒のまま
褪せずに残るよ

もうずっと
言葉で世界を塗り絵する

目次

あかるい身体で

しずかな朝

夜中に、という
予報より早く降り始めた雨は
窓を濡らし街がしろく染まる
水滴の膜の向こうで
信号も街灯も滲んだ光になって
雲が浮いた空はまだらな紺色、
全体が青くて　思わず
届かないゆめを放り投げる

しずしずと雨音が続いて

仕方なく埋もれた枕の
へこみで頭の重さを知る朝
空気がやんわりと冷えて
自分の体温を意識する
ひと雨ごとに秋が彩りを深め
玄関へ向かいながら身をふるわせる
金属製のドアを押し開けて、
青空を見た
昨晩の名残で
しっとりとする手のひらに
ささやかな暮らしを乗せる
陽光はまるみを帯び

踏み出した身体を
ゆっくりと照らす

目頭の孤独

まだ朝焼けがこの辺りを浸して
はんぶん眠っている身体から滲みだす
孤独は目頭が受け取る
まぶたやまつ毛に絡ませて
流出をとめている

晩秋の冷気に含まれるのは　きっと
さみしさを呼び起こす小さな粒で

なんでもない朝に
ひとりきりだと思っては
喉の奥に氷が落ちる
毛布に溜まった体温も
太刀打ちできなくて
肩先から朝の気温に染まる

はんぶんは目覚めていて
町の音が入る
寝返りのあと
うっすら開けた目が痛くて
鏡を見るとまつ毛が入っていた
道理で冷えたわけだと
まつ毛と

そこに絡まった一かけをつまむ

まつ毛の根元には
一かけがぽつ、ぽつと埋まっていて
間違って昼間にこぼれかけると
目頭、ぎゅっと熱を持ち
堰となる
その瞬間が今日はないといい

あくびとともに
流れる涙は意味をなくして
ティッシュペーパーに吸われた

もう朝は青く塗りつぶされ

はきはきした頭が
暖房をつけて　冷たさを
吹き消していく

ベランダと羊

呼んでみても羊は現れず
ひとつ　ふたつ　と呼吸を数える夜は
一段と凍てつき
行くあてもなくベランダに出る
素足にサンダルをつっかけ
住宅街のはずれ高速道路が近い
ここは真っ暗には遠くて
こんな夜更けにも拡散しつつ灯りは届き

行き交う車が一定の間隔で
存在することに深呼吸する
おそらくはこのまま交差しない人生を
ドライバーたちもわたしも送って
いつしかこの道やこの部屋は薄ぼんやりした
思い出とも呼べない記憶に押し込む
生きていくための活動をするには
できごとすべてを覚えられないから
今夜のことをわたしは来年思い出さないだろう
それを寂しさと呼ぶなら
どこかから羊の鳴き声がして
sheep　sleep　sleep
ひとまず不眠から連れ去られる

羊の足跡は　ぽつんと
ベランダの隅にいる

冬のひかり

日の出前、午前五時五十分
寒さに身体が縮こまると
わたしの質量も減る気がする
カーテンを開けても暗いだけだから
遮光したままの部屋
冬は内側に目が向く

夜が一番暗い季節

長さもあって　押しつぶされそうに
感じる
ひとり分の生き方しか持ち合わせていない
まちがい探しすらできなくて
理由もなく落ち込む
時間が強制的に追い立てて
テレビから流れるニュースが
天気予報に切り替わったら、合図

ドアを開けると
視界にひらがなで注がれる
ひかり
縮こまるわたしを
ひかりは等しく温めるので

それだけで　ふと自分の外を見る
コートに身を包んで行き交う人々
それぞれに行き先を持っている
いくらかの役割を背負って
わたしも毎朝駅へ向かう
同じ日々を過ごすと誤認する頭が
昨日はいなかった小鳥を見つける

冷気を破って届く
ひらがなの丸みの温かさに
背筋が少し伸び
生きている輪郭が分かる、午前七時三十五分

灰色の猫

足がしびれて朝です
もうこれで最後と繰り返して
フローリングの床を滑ってしまう
終わりにしたい物事を
持っていることは
少し背中を丸くする

わたしは装置なので

故障しやすい部分もあるし
通り抜けていくいろいろの感触を
受け取ったり流したりする
言葉は
わたしが生めるものではなくて
組み合わせだけを考案できる
研ぎ澄ました指先で感触を編んで
片隅から放つ

重さは絡まり合ってほどけない糸
背中に猫を作っている
抱きかかえられることを拒んで
そのくせ爪を立てて離れない
わたしだけの猫

春先のすーっとした冷え込みは
ふるい灰色の記憶を引き出す
再生を止めたいのに
毎年律儀に胸をひっかきにくる
終われないから　そこに
とどまる感触があって
ちいさな子どもの身体だったことを
覚えている
灰色の猫を背負って
わたしは続いていて
今日も
世界の手を取る

過去形

車窓に思い出はなく
地点Aから地点Bへ
これほどの匂いは薄まる
ただ、
二十歳のときに見た夢の名残が
今朝の喉に張り付いている

林立するビルの間に

呼吸が満ち溢れて
その中に　わたしは生きている
ものごとを　過去形にしては
とおい目をする
そんな大人にはなるものか、と
思っていた気がするけれど
二十歳の潔癖さが自分の手足をも
しばっていたことは見えないままだった
あしたが来なければいいと思う夜は
酷く暗くて
絞め殺される夢ばかりだ

こんな朝にはもう
降りるべき駅を通り過ぎてしまおう

終点まで行かずとも
数駅で海に出られる

鼻がいちばんに海を捉え
開けていく視界に
横切る水平線を映して
目を海で満たす
そうしたら
わたしは決壊して
名残は押し流されていく
音のない声としての深呼吸がふるえて
乾いてかすれる
喉が潤いを取り戻すまで
立ち尽くして

そう
過去形にしまい込み
忘れてもいい
全てを持たなくていい
規則正しい普通電車の揺れに合わせて頷くと
二十歳の細いわたしが見えた気がした

B寝台の孤独

わたしの胸を
夜行列車が横切るとき
感傷的な朝焼けを見たい

列車の走行音だけが響く
夜はしずかで
隣の区画から寝息が聞こえる

何ひとつ知らない他人も
同じように眠ると知った
目的地だけを共有して
わたしたち交流しない
ただ空間を分け合い
互いをおびやかさない
距離

何かをなつかしく振り返るとき
今ではないどこかへ
自分を分離させている

あの妙に穏やかな
距離
孤立せず孤独を味わう
この身ひとつで
どこまでも行かねばならないこと
どこへ行ってもよいこと
ふたつの間で揺れる
わたしは
何者になれるのかも見えない
二十歳だった
ようやくひとりで行動することに慣れて
世界の広さに怯えた

もう何年も経ったけれど

まだ
B寝台の下の段にぽつんと
座っていた感覚が抜けない
幾分小さくなった怯えを抱えながら
少しあの頃より見通しがついた
それだけの日々

ぬくもりを受ける

食事とは祈りのかたち
まだ生きていくことへの
ささやかな願いを込めて
お腹におさめる
食べものの温度が
わたしの体温になる

あしたが来なければいいと

思っていた夜、
晩ごはんから
あたたかみを取りこぼして
冷え込んだ身体では
どこへも行けない、けれど
ここではない居場所を求めて
（来なければいいあしたは
（どうしたってやって来るから
凍えた指で予習に復習に向かった
数式や文法の先に
未来をわずかに見ていた
合間に飲む甘いコーヒーが
わたしをつないだ

わたしに何を食べさせるかを見つめて
死なない　ためから
生きる　ため
おいしい　からへと　移り変わり
あしたを呪わなくなった夜にも
あの頃の少女のわたしは
ひっそりと息をしていて
ときどきは疲れ果ててしまうけれど
生きつづけるのもそう悪くないよ、と
描いた未来と少し外れても
意外と面白いものだしね、と
彼女に声をかける

町から

対岸へ渡る術もなく
六車線の国道を眺めていたあの頃、
車のライトは今よりも強くまぶしく
排気音は止まらない流れで耳を刺し
人の数だけ生き方があること
ドライバーたちは皆、真正面だけを向き
まだ運転免許も取れない年齢の
わたしは

流されることを恐れ
流れに乗ることを怖がり
ずっとこの町にいるのは嫌だと思っていた

(具体的な思い出は断片ばかりなのに
(まぶしすぎる国道
(ふと　よみがえってくる

家と学校と犬の散歩
十五歳の世界はちいさくて
テレビや雑誌や物語からあふれる
街はとおく、とおくて
製鉄所の武骨さをきっと
街の人は知らないんだろう

煙突から出る火のことも
夜は光でキラキラすることだけ広まっている
高台から眺めると
田畑、家々、工場群だけ明るくて、
突然暗くなればそこは海
面積だけは広い町だから
最寄り駅まで徒歩四十分、バスはなし
映画を見るのも
大きな本屋さんへ行くのも
一日仕事になるところで暮らすわたしとは
トーキョー、オーサカ、キョート
漢字を当てはめないくらいに
離れていた、実在するんだろうか

今、地下鉄が通り　私鉄も通る街に
暮らしている
東京には何回も行って
京都と大阪では生活して
人混みを早足ですり抜け
迷わずに電車を乗り継ぐ
すっかり「街の人」になっている
国道の車の多さは町と同じだけど
人の数は桁違いで
三階建ての一軒家がひしめき
校庭は見間違いのように狭い
子どもは空き地じゃなくて
整備された公園や道路で遊んでいる
拾った椎の実を空炒りして食べたり

桜の蜜を吸ったり
野菜の花を見たりすること、
あるのだろうか

記憶がわたしを
たまに砂浜や河川敷へ行かせる
海を見たり土や草を踏んだりして
深呼吸の仕方を思い出す
夕立の前に雨の匂いがすることを
驚かれてしまう
町はわたしに息づいていて
十五歳はそっと街を見ている

ハレーション

もうどうしたって戻れない
真夏の青すぎる空と
せせらぎに遊んだメダカ
ひかっていた風
おもいでは
ほとんどが薄れてかすれて
手繰り寄せられるものだけ
あでやかに彩色される

ノスタルジーにひたるには
うららかな真昼
こわれかけた記憶を
再生しつづけるわたしの溶けかけた頭
二ミリくらい浮いている感触
抜け出せない道を踏み抜いて
きこえない声を迎えに行くように
街を越えて川べりを歩いた

川面のきらめきに
撃ち抜かれた目はハレーション
ここにいるわたし
あそこにいるわたし

二重うつしになって
まぶしいから左目が泣いて
右目はナズナを見つけた
だれが教えてくれたのだったか
しゃがみこむと
足が土を捉えた
ゆっくりと身体の中に
わたしが収まる
しなやかな硬さで
対岸に渡ろう
こわれた記憶はもうじき
手のひらから飛び立つ

身体を流れる

雨が揺れる街で
ビニール傘越しにビルの光が滲む
唐突な水たまりは
影の向こうに
夜景を映す

空っぽの瓶を逆さに振って
見えない空気だけが入れ替わる

ように
雨の日、
わたしの水は深まる

降雨の膜が境界をはっきり知らせる
舞い落ち跳ね返る雨粒、
わたしは足首から水を吸う
吸い上げて歩く
髪の先まで水が満ちて
ざあざあ鳴っていた
耳も静かになった

体内で揺れる水が呼ぶから
川沿いばかり選んでいて

辿り着いてしまう
いくつもの川が重なって
わたしを流れる
もう過去の奥底に沈んだ、と思っては
記憶が明滅する

けれど、わたしは歩みを進める
恐れも願いも含めて
波打つ身体で。
ここが起点なら、いつだって帰って来られる
瞬きの先に
懐かしいあたたかみが背をつたう

（雨止み、

（くらくら、
（水がまわる。

春、ほとりへ

間違えて海のほとりへ出たい
整列し陽の光を吸収するビル街の
ほんのりくたびれたチューリップの花壇のはたを
きゅっと曲がって
凍えてこわばった肌を脱ぎ捨てた
あかるい身体で

それは、はるかな瞬きの果てに見える

残像でも空想でもなく、立体感と匂いをもって
少し前に紙で切った指さきに滲んだ血からは
うっすら海が香った
歩きながらいくつもの水が重なって
（おととし見た日本海、名前を変える川、幼い頃の瀬戸内海——）
瞳が映す景色に潤いが加わる
踏みしめるアスファルトがはらはら、砂となり
うずもれる踵、一歩が深まる
人びとの話し声、足音、車や電車の走行音……
絶え間ない音の波が、ふうっと遠のいて。
耳はずっと鳴っているから、潮騒と同じことだ
蝶のはばたきで、まぶたを一度下ろし、持ち上げる

澄んだ春の陽射し、

風はふっくらと温もりを抱く
迷いかけたビルの森から
のびやかな足取り、あふれる鼻うた、
かすれた潮の匂いをたどって
間違えて海のほとりへ出た

海を歩く

正面に見える島へ
船が出る
海は陽を受けて
きらきら、きらとゆれる

この先に行ったことのない土地が広がっていて
海を歩けばたどりつける
声や文字にわたしを託して送り出し

身体ひとつを見知らぬ町へ立たせる
そのたびに小ささを思い知り
わたしは少しずつ感覚が伸びる

海辺に佇むおじいさんに
この町の話を教えてもらい
食べるものから
土地の流れを受け取る
高台から見はるかす
石段、街並み、人々、海と橋と島
どこにも暮らしが息づいている

わたしの特別な日は
あなたの日常で、

交差する点が新しい気持ちを呼び込む

まぶしい真昼
海からの風を浴びて
町を歩く
わたしにも　まだ
行ける場所がある
いくらかすり減ったかもしれないが
この身体は
擦り切れてはいないのだ

腕を広げる
指先に風が絡んでくすぐったい
いっぱいに潮を含んで

手のひらは海の匂い
足取りは凪いで
自分の歩幅を取り戻す

小ささを知って　踏み出せば
海、
そこははるかに連なる光

噴き上がる

暑い朝の影にうつる夜の名残
もわもわと輪郭はぼやけ
夜風は吹かなかったのだな
たくさんの気配が
この辺でも雑多に詰まっている

吸い込んで変換する装置だから
感覚はひらいておこう

耳もとがあたたかい目覚めには
きっと、随分と前に死んだ仲良しの犬が
遊びに来たのだ
小学生の頃、思い思いに過ごした庭の匂いを連れて
名前の通り桃色の首輪をつけ
頬をなめたのだろう

不思議と亡くなったひとは
夢にも気配にも現れず
生きていたことを知っているから
かなしくはない
時折　はたと
もう電話がつながらない電話番号や

手紙が届かない住所を
そらんじられることに気づいて
「いない」ことを思い出す

夏は色が濃いから
記憶が薄まりすぎるのを防ぐ
他の季節のできごとさえ、くっきり塗る
気配はさまざまの姿をして
いつもは忘れておくことが
噴き上がる　と
お盆休みだ

絵葉書、お手紙、思いついて電話、わたしを呼ぶ声のやさしさ、
手編みのセーター、カステラ、野菜、潰れずに届いたいちご、

抱きしめられて痛かったこと、
あたたかく大きな手のひら、
発覚、急変、葬列、初盆、舟を出した夜、
庭先での花火、犬は川沿いをぐんぐん進んで、
山から海を見た

　暮らすために思い出さないでいても
　なにも消えない

散らばったひとつひとつを
胸のうちがわに収めて
起き上がる
そして、顔を洗うと
さまざまの気配は遠のき

深呼吸して
一日を始める

視界の嵐

そして世界は晴れ渡ってゆく
とうめいな空気が満ちて
色はいっそう鮮やかになる
わたしの小さな感情など
防風林にもならない
風がとうめいを拡散し
辺り一面染まっていく
影はぽつりと佇み

どこまでもにぎやかな色が滲む

小さな感情を噛みしめ
吹き抜ける風に流されないように
かかとを意識する
影が揺れて
わたしの色彩が分離していく
上澄み液と底面の濁り
色合いは決して
綺麗の一言では済ませられないけれど
この手に受け取って進む

突風
わたしに防風林はない

それでも色彩を閉じ込めず
放ってみよう
噛みしめて言葉に変換した
感情や感覚や感触を

世界はすがすがしく晴れて
その中に立つわたしは
せわしく目を点滅させる
風に巻き起こるものごとを見逃さない
知りたがりの小さな身体いっぱいに
見ておきたいもの、ばかりだ

墓碑銘

ぽっぽっと水たまりは灯り
モノクロームの街角に
空色が射す
雨上がり　黒々と光るアスファルトの
へこみに等しく水滴は満ちて
白線の内側で歩行する足首に
いたずらめいた跡をつける

白線を踏み抜かないように
何を恐れているのか

わたしやあなたが
発熱する身体を　そう遠くない時間に
失うことは　見えていて
かなしんでも不変だから
地を踏み星々の流れに少しばかりの
跡をつけたい
はり裂けるほどの熱量が
今は内側にあって
雨で冷やされた空気の中
凍えて倒れることもなく
あかるい歩幅で　進んでいる

変哲のない地方都市の一角で
あたたかい呼気に自らを励ましながら
なんでもない日常を重ねて
墓碑銘としよう

ぽっぽっと灯る
ひとつひとつの窓にも空色

朝の青

朝が青に染まってゆくとき
世界はしずかに
冬を迎える

いっそう高くなる空
痛いほど澄んだ空気
突き刺さるような風
ふいに

背中に触れるもの、
冬の唐突さ
しずかにしずかに
音ひとつ立てず　風も起こさず
やってくると
青の青さが強まって
はっと息を吐くと白い
うっすら青い指先をこすり合わせて
呼気をあたたかく感じれば　もう
紛うことなき冬

すくめた首にマフラーを巻き付けて
けれども
身体のあたたかさが分かる

くっきりと立つわたしの
輪郭線が青みを帯びて
朝の中に
溶けていかない
生命体であることだ
はかなくも強かな
血流を感じて
脈々と生きてゆく
あしたも目が覚めることを疑わない
冷えた手足をゆったりと動かして
一日を始める身体に
ひかりは注いで

会話

ふたりして口を閉ざし
窓から射す陽光に背中をあずける
やわらかな冬日
一枚のブランケットを分け合って座り
ここに　沈黙を置く

聞こえるのは
あなたの呼吸音と

わたしの血流　そして耳鳴り
こんなに　あたたかな肉体は
思っていたよりおしゃべりだ
休みなく内側が動いているから
きっと　伝えることも多いのだろう

暖房の風に髪がゆれる
レースのカーテンは
光の角をまるめる
ブランケットに沿って
体温が混ざる
時々　見つめては目が合い
なんでもない、と首を振る

瞬きの音まで聞こえそうな
しずけさは気詰まりではなく
とろみのある時間
たゆたって深まる

すっと　あなたの手に触れる
温度のちがい
あなたは少し目をみはり
わたしの手を握る
ふたり分の鼓動が行き交う
ことばだけが手段ではなかったね

ふかい息遣いで
互いの姿に耳を澄ます

そのうち　わたしたちは
声を思い出し
日が暮れたら　ぽつりぽつりと
おしゃべりするだろう
それまでは
ここで　沈黙を聞く

いつかのゆびさき

すっかり空は自らを取り戻し
明るく晴れて光を注ぐ
天気雨など見間違いであるかのように

砂浜はさらさらとして
時々小さなゴミが紛れている
打ち寄せる波
透明度が高いけれども

どこか鈍色をまとい
水平線までやわらかい灰色、青まじりの

冬、まだしばらく
冷たい風が続くだろう
どうしようもなく
ただ身体をコートにくるんで
外を歩き回る

ゆびさきが感覚を鋭くして
見えない潮風のしおを　なぞろうとする
水はいつも
わたしを流れてゆくので
ほとりで立つと

波の音も風の音も親しく
体内から呼ばれている気がする

ぐるぐると巡って
数年後に再会しましょう
きょうを忘れたとしても
耳やゆびはいつかを克明に
覚えているから

予感

息をすると　もう
白くはならなくて、そこに
あたたかさを眺める

冷え込みが終わる頃
はじまりの予感が胸に現れる
それは　たぶん
幾度も繰り返した出会いが

春の匂いと一緒に
刷り込まれているから
鼻を抜けて
あっ、と気づく
今朝は桃が咲いていた

なにが起こるのか
分からないから　生きている

ほら、外に出るまで
息が白いのか　知ることはできない
ちょっとした発見を繰り返して
日々を泳ぐ
息継ぎごとに少しずつ

景色が変わって
わたしに積み重なり
瞬きをして目を見開くと
果てを知らないこの世界、
くっきり立ち上がる
ある日突然
「これが、はじまり」

水の循環

海辺ではないのに
たまに海の匂いがするこの街は
太古の記憶を抱えている

地下鉄を降りて地上に出る
大きな川が近い
おそらく街は埋め立て地
魚の心地で人波を通り抜ける

綿々と重ねられていく日々
地球に占めるわたしの割合
連なってつながれてきた記憶の集合体
海は底を見せないから
街だって生み出せる
わたしは穏やかな海の近くで生まれました

体内に水は流れつづけて
水はわたしを出たり入ったりして
だから、わたしは
地球を循環している
このマグカップに注いだ水が
東南アジアの水蒸気だったことを

否定はできないのです
飲み込んだら
スコールが降る

きっと明日は海へ行く
港湾地区ではなく砂浜の
この街がたなびかせる記憶にある
遠浅の砂浜
幼い頃の海水浴が浮かんで
生きていると様々の断片が積み重なって
パッと光るものだな
水が循環していく、
記憶も巡り巡って、
太古の海がわたしの眼前に

現れる
わたし、あなた、人波、
みんなが抱える固有の記憶が
いつしか水に乗って
街の記憶に　なる

このように

わたしの成分が希薄になる
景色が広々としていて
ここに自我はなくても支障がない
丘の草原、底抜けの青空
散策することは空気に溶けること
輪郭線もぺらぺらの
拡散していく感じ
目も耳も肌も鼻も

わたしから放たれて
自由に感覚している

もう　はっきりと判別できる
草花が少なくなって
子どもの頃はこうではなかった
初秋のカルスト台地
ススキはまだ青々と
トノサマバッタが跳び
草一面の向こうに　すっくと
一本の木
緑の色合いもさまざまに　濃く淡く
空気の匂いや湿り気が街とは
明らかに区別できる

振り返ると
手前のビジターセンターで
コスモスが植わっていて
人工のものばかりへと手を伸ばす癖
だけど地方都市の公園や空き地で
遊び回った日を手放した訳でもなくて
土を踏むと
のびのびと呼吸する
身体がひらかれる気がして
背中が軽い

ありたい姿をあるべきだと
背負いすぎるわたしは
台地の風に吹かれる

太陽は夏の名残でやや強く
世界に占める自分の割合など
ほんの少しで
そのことに悲しくはなくて
景色を見はるかすと　ふいに
このようにここにいる　と
思えば
拡散し薄まっていたわたしが
身体に集合し始める

青

日は沈み
残照で幾分青い部分から
月が現れて紺色の部分へと
彩られた空
国道は車が行き交い
ヘッドライトの白
テールライトの赤
次々と流れていく

車の数だけ
いっぱい人生がやって来て
わたしを追い抜き
わたしとすれ違ったことを
きっと誰一人気づいていない
こんなにも生きているけれど
これほどに出会わない
わたしも眺めるだけだから
お互いに流れている
人工の光の中
ほんの数分
同じ町の同じ道を通って
赤信号で
残照の青に見とれた

あかるい夜に
ほら、信号は青

あとがき

わたしはふだん会社員として働いています。朝、家を出て満員電車を乗り継ぎオフィス街へたどり着いたあとは、管理間接部門に所属しているので、昼間はずっとビルの中です。ブラインドは常に降ろされていて、隙間から空の色が見えます。たまに換気口のあたりから雨の匂いがしてきたり、強い風が吹いている音がしたりするなか、基本的にパソコンを見つめています。言葉は意味や意図の伝達に用いられるだけです。気が向いて歩いて帰るとき、踏むのは舗装された道や広場ばかりで、目に映る木も花も整備されたものが大半です。

この詩集に収めた詩は、このような都市部で暮らす日々が書かせました。

わたしは意図的に詩を書くことがほぼできず、突然詩の言葉が現れて、それを書き留めることから始まります。一つの行が次の行を呼ぶ感じで、その先の行を呼ぶための助走の行を削ったり、飛躍しすぎている部分を書き足したり、行や連を入れ替えたりしながら、詩が「終わり」と言うまで書きます。そして、そのとき自分が抱えていた感覚を改めて知るのです。

わたしにとって明確な定型がない現代詩は、「どこから書き始めてもよいし、どこで書き終わってもいい」気軽さがあって、自分の感覚を書き残す最適な手段です。日記の延長線上にあって、好きだから書いているものです。その好きでやっていることを受け取ってくださる方が存在することは、とても嬉しいことだし、ちょっとした奇跡だと思います。

七月堂さんには古書部で私家版詩集を販売していただくなどのご縁があり、初めて私家版ではない詩集を出すならお世話になろうと決めていました。奇跡が少しずつ広がっていくように祈りながら、この詩集を送り出します。

――二〇二三年四月二十三日　海老名　絢

初出一覧

しずかな朝　「あるきだす言葉たち」朝日新聞、二〇一八年十一月一四日夕刊
目頭の孤独　「ことばのざんきょう」Vol.8、二〇二〇年八月八日発行
B寝台の孤独　「詩紙にちにち」1号、二〇二一年九月四日発行
町から　「詩紙にちにち」6号、二〇二二年七月二日発行

身体を流れる　『ユリイカ』青土社、二〇一八年八月号

春、ほとりへ　『文學界』文藝春秋、二〇一八年八月号、巻頭表現

朝の青　「フリーペーパー気まぐれ」文学フリマ京都7の号、二〇二三年一月一五日発行

会話　『現代詩手帖』思潮社、二〇二一年二月号

あかるい身体《からだ》で
二〇二三年八月二〇日　発行

著者　海老名　絢
発行者　後藤聖子
発行所　七月堂
〒一五四－〇〇二一　東京都世田谷区豪徳寺一－二－七
電話　〇三－六八〇四－四七八八
FAX　〇三－六八〇四－四七八七
印刷　タイヨー美術印刷
製本　あいずみ製本所

ISBN 978-4-87944-541-4 C0092